CLÁSICOS
CONTADOS A LOS NIÑOS

El Cid

edebé

CLÁSICOS
CONTADOS A LOS NIÑOS

El Cid contado a los niños

por Rosa Navarro Durán
con ilustraciones de Francesc Rovira

edebé

Proyecto y dirección: EDEBÉ

Adaptación del texto: Rosa Navarro Durán
Ilustraciones: Francesc Rovira
Dirección editorial: Reina Duarte
Diseño: Joaquin Monclús

1.ª edición, marzo 2007
2.ª edición, noviembre 2007
3.ª edición, noviembre 2008

Paseo de San Juan Bosco, 62
08017 Barcelona
www.edebe.com

ISBN 978-84-236-8338-3
Depósito Legal: B. 39173-2008
Impreso en España
Printed in Spain
EGS - Rosario, 2 - Barcelona

De los sus ojos   tan fuertemente llorando,
tornaba la cabeza   e estábalos catando.
Vio puertas abiertas   e uzos sin cañados,
alcándaras vacías,   sin pieles e sin mantos,
e sin falcones   e sin azores mudados.
Suspiró mio Cid,   ca mucho habié grandes cuidados;
fabló mio Cid   bien e tan mesurado:
–¡Grado a ti, Señor,   Padre que estás en alto!
¡Esto me han vuelto   mios enemigos malos!

ASÍ EMPIEZA LA HISTORIA

Rodrigo Díaz de Vivar era un valiente caballero, fiel servidor del rey Alfonso de Castilla. Éste confiaba tanto en él que le mandó ir a cobrar los impuestos que le pagaba el rey moro de Sevilla. Así lo hizo el buen caballero, al que los moros llamaban «Mio Cid», que quiere decir 'mi señor', porque lo respetaban y lo temían. Pero otros caballeros castellanos, envidiosos de que el rey confiara tanto en él, dijeron que se había quedado parte del dinero cobrado al rey moro.

El rey Alfonso creyó que era verdad lo que le decían los malos servidores y mandó salir al Cid de sus tierras antes de que pasaran nueve días.

8

Todos iremos con vos, Cid, a todas partes

9

Cuenta la historia que el Cid llamó a todos sus amigos, parientes y vasallos y les dijo que, como el rey le había desterrado, tenía que irse inmediatamente de sus tierras. Si querían acompañarle, debían dejarlo todo. Pero si preferían quedarse, a él le parecería bien.

Entonces su sobrino Álvar Fáñez le dijo:

—Todos iremos con vos, Cid, a todas partes. Siempre os serviremos como fieles amigos y vasallos.

Y los demás dijeron que así sería.

¡Cuánto se lo agradeció el buen Cid!

Enseguida fue a recoger sus cosas y salió de Vivar con sus amigos, camino de Burgos.

CANTAR PRIMERO

LOS PALACIOS VACÍOS

Al marcharse, volvió la cabeza y vio las puertas abiertas de los palacios vacíos, sin gente. Las perchas, sin pieles y sin mantos, sin las aves con las que solía cazar, sin los halcones, sin los azores. Al Cid le caían lágrimas de los ojos, y suspiró pensando en lo que habían logrado sus malos enemigos.

Al salir de Vivar, vio una corneja que salió volando por la derecha. Y al entrar en Burgos, otra que lo hacía por la izquierda. Se encogió de hombros y movió la cabeza diciéndole a su fiel Minaya Álvar Fáñez:

—¡Nos han echado de nuestra tierra! ¡Pero regresaremos!

14

Al salir de Vivar, vio una corneja que salió volando

EL CID ENTRA EN BURGOS

El Cid entró en Burgos con sesenta caballeros. Hombres y mujeres salen a las ventanas a verlo. Todos lloran y dicen:

—¡Dios, qué buen vasallo si tuviese buen señor!

Todos lo hubieran invitado a sus casas, pero nadie se atrevía porque el rey Alfonso les había mandado una carta en donde les prohibía que dieran posada al Cid. Si alguien lo hacía, lo mataría. Por miedo, todos cerraron sus puertas.

El Cid fue a su posada y encontró también la puerta cerrada. Nadie se atrevía a abrirle. Los que iban con el Cid llamaron a voces. Nadie respondió. El Cid se acercó a caballo a la puerta y le dio un fuerte golpe con el pie, pero la puerta no se abrió porque estaba muy bien cerrada.

Entonces se le acercó una niña de nueve años y le dijo:

—¡Campeador! Ayer llegó una carta del rey donde nos prohibía que os abriéramos la puerta y nos amenazaba con matarnos. Tenemos mucho miedo y no nos atrevemos a daros posada. Cid, no ganáis nada con nuestro mal. Marchaos, por favor, ¡y que Dios os proteja!

Y después de decirle esto, la niña se marchó corriendo a su casa.

El Cid se fue entonces a Santa María, a la catedral de Burgos, a rogar a la Virgen que le ayudara. Luego salió de Burgos, atravesó el río Arlanzón y acampó con los suyos, como si estuviera en los montes.

No tenían nada para comer porque los burgaleses no le habían querido vender nada por miedo al rey. Pero un burgalés muy valiente, Martín Antolínez, les llevó pan y vino. No lo compró, era suyo. Y les dio todo lo que necesitaban.

Le dijo al Cid:

—Descansemos esta noche y por la mañana marchémonos, porque el rey, al enterarse de que os he ayudado, querrá matarme.

El Cid le contestó:

—¡Martín Antolínez, sois muy valiente! Si vivo, os pagaré el doble de lo que me dais. Ahora no tengo nada y me hace falta dinero para pagar a los que me acompañan. Necesito vuestra ayuda. Quiero llenar de arena dos arcas que parezcan muy bue-

nas. Tienen que estar forradas de cuero rojo, elegante, y con clavos dorados. Iréis a buscar a Raquel y a Vidas, los dos prestamistas, para que me presten dinero a cambio de las riquezas que les diréis que hay en las arcas.

DOS ARCAS LLENAS DE ARENA

Martín Antolínez hizo enseguida lo que le dijo el Cid. Fue a ver a Raquel y a Vidas, a los que encontró juntos, contando el dinero que habían ganado. Y les dijo:

—Raquel y Vidas, dadme la mano. Os voy a hacer ricos, pero no lo contéis a nadie. El Cid fue a cobrar los impuestos al rey moro de Sevilla y se quedó una buena parte, como dicen sus enemigos. Tiene dos arcas llenas de oro. Como el rey lo ha desterrado, él ha tenido que dejar todas sus casas y palacios y no ha podido llevarse nada. Necesita dinero. Deja por ello las dos arcas para que se las guardéis durante un año. Pero tenéis que jurar que no las abriréis en todo ese tiempo. A cambio, os pide seiscientos marcos que necesita para mantener a su gente.

Los dos prestamistas le dijeron que primero querían tener las arcas y que luego le darían el dinero. Martín Antolínez les dijo que sí, que irían a la tienda del Cid a buscarlas, pero que lo harían a escondidas para que nadie los viera. No pasaron el río por el puente, sino por el agua, para que desde Burgos no pudieran verlos.

El Cid los recibió muy bien, les dio las arcas y les hizo jurar que no las abrirían en un año. Ellos casi no las podían llevar a cuestas, por lo pesadas que eran, e iban contentísimos porque creían que quedaba el oro en su poder. Raquel le fue a besar la mano al Cid y le dijo:

—¡Campeador, en buena hora cogiste la espada! Os marcháis de Castilla a tierras extrañas. Tendréis muchas victorias. Traedme una pelliza forrada de rojo de las que hacen los moros. Os beso la mano para que me la traigáis.

Y el Cid le contestó:

—Así lo haré. Y si no os la traigo, tomad dinero de las arcas y os la compráis.

Martín Antolínez y cinco escuderos se fueron con Raquel y Vidas a su casa. Éstos, en una sala, tendieron una alfombra, y sobre ella, una sábana fina de hilo, muy blanca. Allí echaron primero trescientos marcos de plata; después, otros trescientos de oro. El buen burgalés cargó a sus escuderos con el dinero y pidió a los prestamistas que le dieran unas calzas por haberles conseguido el negocio. Raquel y Vidas se apartaron un poco y

comentaron entre sí que le podían dar mucho más porque les había hecho un servicio magnífico, de tal forma que le darían treinta marcos.

Martín Antolínez se lo agradeció mucho y se marchó enseguida a la tienda del Cid, donde él le recibió con los brazos abiertos:

—¡Mi fiel vasallo, Martín Antolínez! ¡Espero poderos pagar el servicio que me habéis hecho!

Y el buen burgalés le dijo:

—Os he traído a vos seiscientos marcos, ¡y yo he ganado treinta! Mandad recoger la tienda y vámonos ya, para que nos cante el gallo en San Pedro de Cardeña, en donde veremos a vuestra mujer. Tenemos que irnos enseguida porque se está acabando el plazo que os dio el rey para salir de sus tierras.

EL CID SE DESPIDE DE SU MUJER Y DE SUS HIJAS

Levantaron la tienda, y el Cid y los suyos empezaron a cabalgar. El Cid, antes de irse, volvió a ir a la iglesia de Santa María, se santiguó y le dijo a la Virgen:

—¡Protegedme, gloriosa Santa María! Me voy de Castilla porque el rey me ha desterrado. No sé si volveré nunca. ¡Protegedme y ayudadme día y noche en mi destierro! Si así lo hacéis y tengo buena suerte, mandaré que se canten mil misas en vuestro altar.

Martín Antolínez se fue a Burgos, a despedirse de su mujer; pero le dijo al Cid que, antes de que saliera el sol, iba a estar de nuevo junto a él.

*¡Protegedme, gloriosa
Santa María!*

Cantaban los gallos cuando el buen Campeador llegaba a San Pedro de Cardeña.

En el monasterio, el abad don Sancho estaba rezando las oraciones de la mañana. Junto a él estaba doña Jimena con sus cinco damas de compañía. Y ella le decía a Dios:

—¡Tú, que a todos nos guías, protege a mi Cid el Campeador!

Llamaron a la puerta. Todos supieron quién era. ¡Qué alegre se puso el abad don Sancho! Salieron con luces a abrirles y los recibieron con los brazos abiertos.

El Cid le daría al abad cincuenta marcos para el monasterio y cien para que cuidara a doña Jimena, su mujer, a sus dos hijas y a las doncellas que las servían. Y le dijo que si tenía que gastar más, que no se preocupara porque, por cada marco que gastara, él le daría otros cuatro.

Doña Jimena, llorando, le decía:

—¡Cid, en buena hora naciste! ¡Los traidores os han echado de vuestra tierra! Aquí estoy con nuestras hijas y las doncellas que me sirven. Sé que os tenéis que ir lejos. ¡Ya que me dejáis sola, aconsejadme, por amor de Santa María!

El Cid cogió en brazos a sus dos niñas y las estrechó contra su pecho, ¡tanto las quería! Le caían las lágrimas por el rostro. Suspirando, le dijo a doña Jimena:

—¡Doña Jimena, mi buena mujer! ¡Os quiero como a mi alma! Ya veis que tenemos que separarnos. El abad cuidará de vos. ¡Quiera Dios que pueda yo casar a estas hijas mías y que podamos vivir juntos otra vez!

Mientras tanto, en toda Castilla, muchos caballeros dejaban sus casas para seguir al Cid. Ese día se juntaron ciento quince caballeros junto al puente del río Arlanzón. Allí estaba Martín Antolínez esperándolos y los llevó a todos a San Pedro de Cardeña para reunirse con el Cid.

Al enterarse el Campeador, salió a recibirlos y se sonrió al ver a tantos caballeros. Todos se acercaron a besarle la mano, y él les dijo:

—Ruego a Dios que a vosotros, que dejáis casas y tierras, os pueda yo hacer algún bien. ¡Ojalá os pueda devolver doblado lo que perdéis ahora!

Habían ya pasado seis días del plazo que el rey le había

Ese día se juntaron ciento quince caballeros junto al puente del río

dado para salir de sus tierras. Sólo quedaban tres, y el Cid decidió irse al día siguiente muy de mañana. Le dijo a su gente que primero oirían misa y luego se marcharían; que todos estuviesen preparados.

Por la mañana, doña Jimena, de rodillas ante el altar, rogó a Dios por el Cid y le pidió que lo devolviera sano y salvo junto a ella y sus hijas.

Luego los dos se abrazaron. Ella quería besarle la mano. Lloraba tanto que no sabía qué se hacía. Rodrigo volvió a abrazar a sus niñas.

Todos lloraban; les dolía tanto separarse como duele cuando se arranca la uña de la carne.

Al empezar a cabalgar, el Cid volvía la cabeza para mirar a su amada Jimena y a sus hijas. Minaya Álvar Fáñez, al verlo, le dijo:

—Cid, ¿dónde están vuestros ánimos? Pensemos en lo que hay que hacer. Ya veréis cómo pronto este dolor se cambiará en alegría.

Por la noche, el Cid y su gente llegaron a Espinazo de Can y

Rodrigo volvió a abrazar a sus niñas

allí descansaron. De todas partes acudían caballeros para seguir al buen Campeador. Continuaron el camino al día siguiente. Llegaron ya de noche a Figueruela.

Después de cenar, el Cid se durmió y soñó que el ángel Gabriel le decía que cabalgara, que todo le iba a salir bien. Se levantó muy contento.

Se fueron hacia la frontera de Castilla porque se acababa ya el plazo que les había dado el rey.

Iban con Rodrigo Díaz de Vivar más de trescientos caballeros con lanzas y pendones —un tipo de banderas más largas que anchas—, y muchos otros valientes hombres.

LA TOMA DE CASTEJÓN

De noche cruzaron la sierra y dejaron atrás Castilla. Sin dormir, cabalgando de noche, se acercaron a Castejón, junto al río Henares, y el Cid se emboscó preparando el asalto a la fortaleza.

Al amanecer, Minaya Álvar Fáñez con una parte del ejército se fue a saquear el territorio de los moros para conseguir comida, mientras el Cid esperaba, oculto, el momento oportuno para apoderarse de Castejón.

Los moros habían ido a su trabajo, dejando las puertas de la fortaleza abiertas. Fue entonces cuando el Cid con su gente entró en ella con la espada desnuda y se apoderó con facilidad de

...a saquear el territorio de los moros para conseguir comida

todo. Al poco tiempo regresó la expedición de Minaya con lo que habían conseguido.

Lo primero que hizo el Cid fue repartir las ganancias entre sus hombres. Minaya no quiso nada para él. Sólo querría su parte cuando hubiese luchado de verdad.

Pero el Campeador no podía quedarse en Castejón porque estaba muy cerca todavía de las tierras del rey Alfonso y sabía que mandaría a su ejército contra él. Dejó libres a todos los moros que había hecho prisioneros y no les hizo ningún daño. ¡Cuánto se lo agradecieron!

LA CONQUISTA DE ALCOCER

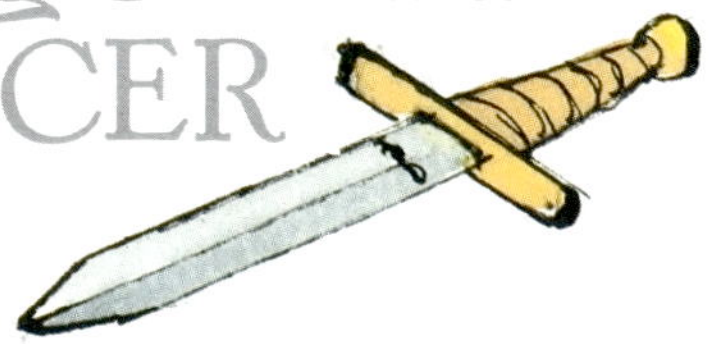

Cabalgaron mucho, atravesaron tierras y más tierras hasta llegar a Alcocer. El Cid acampó en un pequeño monte, en un otero redondo y fuerte, cerca del río Jalón. El que en buena hora ciñó espada —así le llamaban, recordando el día en que llevó el arma— mandó a su gente que cavara un foso alrededor del monte, cerca del agua.

Todas las aldeas cercanas, pobladas por moros, le pagaban ya tributos para que no las destruyera.

Pasaron quince semanas, y el Cid no había conseguido que se rindiera Alcocer. Decidió entonces hacer como que se marchaba y levantar todas las tiendas de su campamento menos una. Los de Alcocer creyeron que se iba porque no tenía comida, y salieron a perseguirle.

Él, cuando vio que le seguían, cabalgó más deprisa para engañarlos. Y cuando los tuvo lejos de su fortaleza —ellos, confiados, habían dejado las puertas abiertas—, dio la vuelta y los atacó. Los cogió tan por sorpresa que los venció y ganó con facilidad la fortaleza.

La noticia de que el Cid había tomado Alcocer llegó hasta el rey moro de Valencia. Vio que el Campeador le iba ganando terreno y decidió mandar contra él a dos aliados suyos, los reyes Fáriz y Galve. Juntó a muchos caballeros moros de todas sus tierras para que formaran un ejército muy fuerte que pudiera vencer al Cid. Los moros pusieron cerco a Alcocer.

Tres semanas resistió el Cid dentro. Los moros le habían cortado el agua, y ya le quedaban pocas provisiones.

El Cid le pidió consejo a Minaya, y su fiel amigo le dijo:

—Si no luchamos contra los moros, moriremos. Nosotros somos más de seiscientos. No dejemos pasar un día más: ataquémoslos mañana.

Los cogió tan por sorpresa
que los venció

El buen Campeador le dio la razón. Llamó a toda su gente y les dijo que por la mañana todos iban a salir de Alcocer para enfrentarse con los moros. Sólo se quedarían dentro un par de soldados para guardar la puerta, porque si los moros los vencían en el campo, iban a entrar fácilmente en el castillo. No tenía sentido dejar gente dentro. Así lo iban a hacer.

LA BATALLA CONTRA LOS REYES FÁRIZ Y GALVE

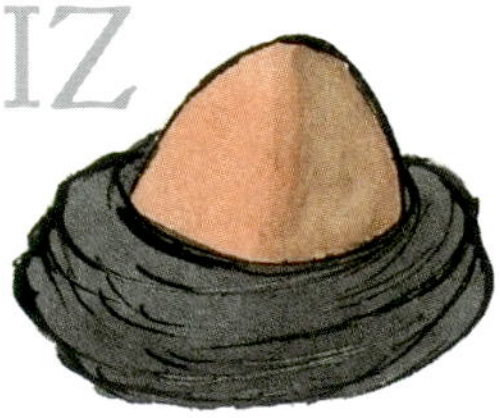

Al amanecer, abrieron las puertas y atacaron a los que los cercaban. Empezaron a sonar cientos de tambores que llamaban a los moros a la batalla. El ruido era tan fuerte que parecía que la tierra temblaba, como si fuera un terremoto.

El Cid les dijo a los suyos que nadie saliera de la formación hasta que él lo ordenase. Pero Pedro Bermúdez no pudo contenerse y se lanzó contra el ejército enemigo. A él le había dado el Campeador su estandarte, y el valiente caballero quiso meterlo bien adentro entre las filas de los moros. Al verlo el Cid, dijo a gritos a los suyos:

—¡Ayudadle todos, por caridad!

Se pusieron el escudo al brazo sobre el pecho; las lanzas, horizontales. Y atacaron. El que en buena hora nació gritó cuanto pudo con su voz atronadora:

—¡Atacadlos, caballeros, por amor de Dios! ¡Soy Ruy Díaz, el Cid Campeador!

Y trescientas lanzas se dirigieron donde estaba Pedro Ber-

múdez, luchando fieramente contra el ejército moro.

¡Hubierais visto cómo las lanzas atravesaban los escudos! ¡Cómo los pendones blancos salían rojos de sangre! ¡Veríais caballos y caballos andar sin sus dueños! ¡Cayeron muertos mil trescientos moros! ¡Teníais que ver lo bien que peleaba el Cid sobre su silla dorada!

A Minaya le mataron el caballo. Como se le había roto la lanza, cogió la espada y luchó a pie. Lo vio el Cid Ruy Díaz y atacó a un moro que iba sobre un buen caballo. Con su brazo derecho le dio tal golpe de espada que lo cortó por la cintura y medio cuerpo cayó al suelo. Después cogió su caballo y se lo dio a Minaya.

El Campeador vio al rey moro Fáriz y se dirigió contra él. Con la espada le da tres golpes y uno de ellos le alcanza. ¡Cuánta sangre le baja al rey moro por la armadura! Con ese golpe, el Cid ganó la batalla.

Martín Antolínez le dio otro terrible golpe de espada al rey Galve en el yelmo, que llega a tocarle la carne. El rey moro no esperó más y empezó a huir; y con él, todo el ejército. Los del Cid los persiguen hasta Calatayud. Luego regresaron y contaron el botín que habían conseguido. De los suyos no han muerto más de quince. En cambio, el campo está lleno de moros muertos.

¡Son suyos quinientos diez caballos! ¡Casi no pueden contar el oro y la plata que han conseguido! El Cid mandó repartirlo todo entre sus tropas. Esta vez Minaya sí que aceptó su parte, pues había combatido muy fieramente: ¡venció a treinta y cuatro enemigos!

El Campeador le dijo entonces a su fiel amigo:

—Minaya, sois mi brazo derecho. Coged de esta riqueza que hemos ganado lo que queráis. Quiero que vayáis a Castilla y que llevéis al rey Alfonso treinta caballos, con sillas y con espadas colgando de ellas, y le contéis la victoria que hemos tenido. Además, coged una bota alta de las nuestras, llenadla de oro y plata, y con el dinero haced que se digan mil misas en Santa María de Burgos. Lo que os quede, dádselo a mi mujer para que ruegue por mí día y noche.

LA EMBAJADA DE MINAYA AL REY ALFONSO DE CASTILLA

Por la mañana Minaya se fue. El Cid se quedó con su gente y regresó a Alcocer. Pero pronto abandonó la fortaleza para ir a otras tierras. Moros y moras, al ver que se iba, lloraron porque siempre los había tratado muy bien. El Cid le había dicho a Minaya que, si no estaba en Alcocer, lo buscara más allá, porque tenía que conseguir comida y riqueza para su gente.

Minaya le dio al rey Alfonso los treinta caballos. Al verlos, el rey, sonriendo, le dijo:

—¿Quién me los da, Minaya?

Y Álvar Fáñez contestó:

—Mio Cid Ruy Díaz, el que en buena hora ciñó espada. Ha

vencido a dos reyes moros en una batalla, y su ganancia es muy grande. Os envía a vos, rey honrado, este regalo, y os besa los pies y las manos. Dadle vuestro favor y que Dios os proteja.

Y el rey le dijo:

—Es demasiado pronto aún para perdonarle; pero acepto este regalo suyo y me alegro mucho de su victoria. Vos, Minaya, tenéis mi gracia. De ahora en adelante podéis entrar y salir de mi reino cuando queráis. Del Cid, todavía no os digo nada. Pero si quieren ir con él caballeros de mis tierras, tienen mi permiso.

Minaya Álvar Fáñez le besó las manos y le dijo:

—Muchísimas gracias, mi rey y señor. Ahora nos concedéis esto; más adelante nos daréis más.

El rey Alfonso le despidió diciéndole que tenía su protección mientras estuviera en su reino.

A Minaya le faltó tiempo para ir en busca del Cid y contárselo todo. ¡Qué alegría tuvo Ruy Díaz cuando vio otra vez a Minaya! Los dos se fundieron en un abrazo. El Cid, al oír lo que le había dicho el rey, se sonreía; pero mucho más contento se puso cuando le dio noticias de su mujer y de sus hijas.

Minaya Álvar Fáñez
le besó las manos

EL CID VENCE AL CONDE DE BARCELONA

El Cid y su gente se dirigieron a Alcañiz y saquearon las tierras que iban encontrando porque tenían que sobrevivir: necesitaban comida y dinero.

Ruy Díaz les dijo a los suyos:

—¡Caballeros, voy a deciros la verdad! Quien se queda siempre en el mismo sitio sólo puede perder lo que ha ganado. Hay que seguir adelante.

Y así lo hicieron. Llegaron a Huesa y a Montalbán.

Al conde de Barcelona le llegaron las noticias de que el Cid le estaba saqueando las tierras y se enfadó mucho. Era muy creído y dijo una fanfarronada:

—Mio Cid el de Vivar me está agraviando mucho al saquear las tierras que están bajo mi protección. ¡Me lo pagará!

Empezó a reunir un gran ejército con moros y cristianos. Tardó tres días y dos noches en llegar donde estaba el Cid. Lo alcanzó en el pinar de Tévar. El conde iba tan seguro que estaba convencido de que lo iba a hacer prisionero enseguida.

Rodrigo Díaz, al saberlo, le mandó decir al conde que él no había cogido nada de lo suyo y que lo dejara ir en paz. Pero el conde le respondió que pronto sabría a quién estaba atacando.

El Cid, al ver que no tenían más remedio que enfrentarse con el conde don Ramón, juntó a los suyos y les dijo:

—¡Caballeros, dejad lo que hemos ganado! Coged las armas, porque el conde don Ramón nos va a atacar. Viene con mucha gente, moros y cristianos. Si nos marchamos de aquí, nos perseguirá. Vamos a hacerle frente. Nosotros somos menos, pero vamos mejor preparados. Las sillas de nuestros caballos son más seguras que las suyas, y llevamos botas altas sobre las calzas. Antes de que lleguen al llano, tenemos que enfrentarnos

El Cid además ganó la espada del conde, Colada

a ellos. ¡Ya verá Ramón Berenguer a quién está persiguiendo para quitarle la ganancia!

Al oír las palabras del Cid, todos se armaron, subieron a los caballos y se dispusieron al ataque. En el pinar de Tévar tuvo lugar la gran batalla. Los del Cid no dejaron llegar a la llanura a las tropas del conde don Ramón; los vencieron antes y cogieron prisionero a su señor. El Cid además ganó la espada del conde, Colada, que valía más de mil marcos de plata.

EL CONDE BERENGUER SE NIEGA A COMER

El Cid llevó a su tienda al conde don Ramón y le invitó a compartir con él el gran banquete que le habían preparado los suyos. Pero el conde se niega a comer y le dice:

—No comeré nada ni que me ofrezcáis todo lo que hay en España. Prefiero morirme. ¡Me han vencido unos mal calzados!

El Cid Ruy Díaz le replicó:

—Comed, conde, de este pan y bebed de este vino. Si lo hacéis, os dejaré libre. Si no, os vais a pasar toda vuestra vida preso.

Pero Ramón Berenguer no quiso comer nada. Así pasaron tres días. El Cid repartía las grandes ganancias entre su gente, y el conde no quería comer ni un solo trozo de pan.

El Cid, al verlo, le volvió a decir:

—Comed algo, conde, porque si no lo hacéis, no saldréis de prisión. Y si coméis bien, os dejaré libre a vos y a dos caballeros de los vuestros.

El conde, al oírlo, empezó a animarse y le dijo:

—Si hacéis, Cid, lo que habéis dicho, quedaré toda mi vida maravillado.

—Pues, comed, conde —le contestó Ruy Díaz—, y cuando hayáis terminado, os dejaré libre a vos y a dos de vuestros caballeros. Pero de lo que os he ganado, no pienso devolveros ni una sola moneda, porque lo necesito para mí y para estos vasallos que me acompañan. Con lo que vamos cogiendo, de aquí y de allá, vamos sobreviviendo. Mi rey me ha echado de su tierra y no puedo hacer otra cosa.

El conde, al oírlo, se puso muy contento. Pidió agua para lavarse las manos y se puso a comer con mucha hambre. ¡Llevaba tres días sin probar bocado! Nunca había comido con tanto gusto y nunca olvidaría el sabor de esa comida.

El Cid le dio al conde y a los dos caballeros que lo acompañaban muy hermosos caballos, con buenas sillas y pieles y mantos. Al verlo marchar en medio de sus dos caballeros, le dijo Ruy Díaz:

—Os dejo en libertad, conde. Si quisierais vengaros por lo que os he cogido, aquí me encontraréis. Y entonces, o me dejaréis más riquezas vuestras o me quitaréis algo de lo mío.

Y el conde don Ramón le respondió:

—Podéis estar tranquilo, Mio Cid; estáis a salvo. Os he pagado ya por todo este año. No pienso venir a buscaros.

Y empezó a cabalgar. Iba volviendo la cabeza porque tenía miedo de que el Cid se arrepintiese, ya que podía haber pedido un gran rescate por él. Pero Rodrigo Díaz jamás lo habría hecho, ¡nunca faltaba a su palabra!

El Cid y su gente habían ganado tanto que ni sabían cuánto era.

CANTAR SEGUNDO

—¡Oídme, mesnadas! No nos fuimos de nuestras tierras porque quisiéramos: nada pudimos hacer para evitarlo. Pero desde entonces, nos ha ido muy bien. Los de Valencia nos tienen cercados; si queremos quedarnos en estas tierras, tenemos que darles un escarmiento. Cuando amanezca, os quiero a todos armados y a caballo. En el combate se verá quién de vosotros, que estáis desterrados como yo, gana bien su sueldo.

Entonces Minaya Álvar Fáñez le dijo:

—Dadme a mí cien caballeros, no quiero más. Atacad vos por delante con el resto de la gente; nosotros iremos por detrás. Así ganaremos la batalla.

Al Cid le pareció una idea muy buena, y estuvo de acuerdo en hacerlo así.

Cuando empezaba a amanecer, el Campeador les dijo a los suyos:

—¡En nombre de Dios y del apóstol Santiago, atacadles, caballeros! ¡Yo soy Ruy Díaz, Mio Cid el de Vivar!

Veríais entonces cómo destruían las tiendas de los moros, ¡cuántas cuerdas rotas y estacas arrancadas! Cuando ellos

Veríais entonces cómo destruían
las tiendas de los moros

quisieron subir a caballo, llegó por otra parte el grupo de Minaya y los rodearon. Mataron a dos generales moros y persiguieron a las tropas que huían hasta la misma Valencia. Cogían todo lo que encontraban. ¡Consiguieron grandes ganancias!

Las noticias de la nueva victoria del Cid llegaban a todas partes. Los de Valencia tenían tanto miedo que no sabían qué hacer.

El Cid entró en Cullera, en Játiva, en Denia; saqueó todos los lugares. Ganó Peña Cadiella, desde la que controlaba el paso de los montes.

Durante tres años, durmiendo de día y trasnochando, fue ganando todas aquellas tierras.

EL CID GANA VALENCIA

Los de Valencia no se atrevían a darle batalla. El Campeador les quitó el trigo y les arrasó las huertas. En Valencia pasaban todos muchísima hambre. Nadie sabía qué hacer, estaban desesperados. ¡Es terrible ver morir a la mujer y a los hijos de hambre! Pidieron ayuda al rey de Marruecos, pero estaba en guerra con su enemigo, el rey de los Montes Claros, y no pudo socorrerlos.

Cuando se enteró el Cid, se puso muy contento. Una noche salió de Murviedro y llegó a Monreal. Desde allí pidió refuerzos con un pregón que se hizo por Aragón, Navarra y Castilla. El Cid decía en él:

De todas partes
llegaron gentes

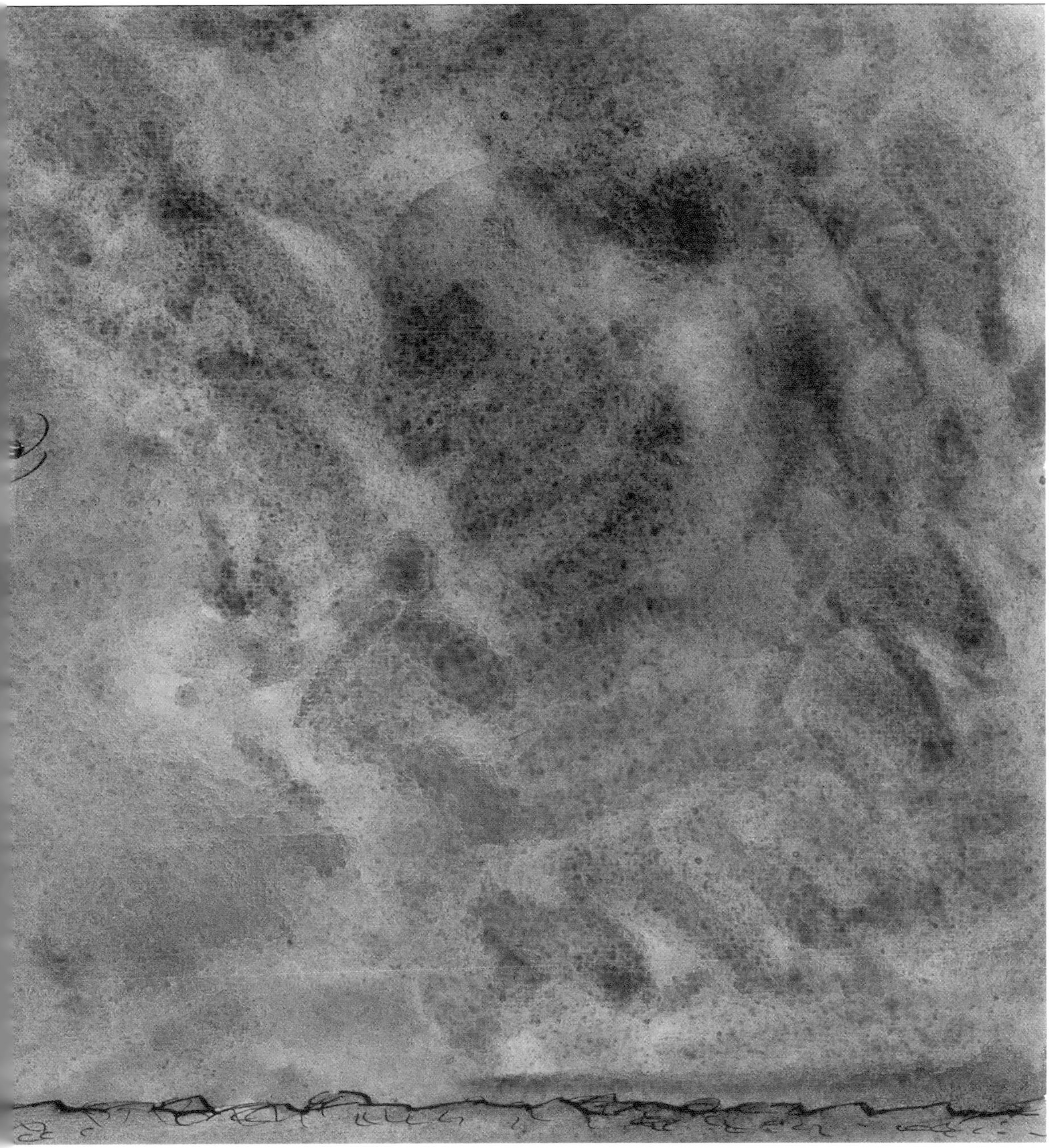

—Quien quiera venir conmigo a cercar Valencia, lo esperaré tres días en Celfa la de Canal.

De todas partes llegaron gentes. Cuando lo vio el Cid, no quiso esperar más tiempo y fue a cercar Valencia. El asedio duró nueve meses; al décimo mes se la entregaron.

¡Qué alegría tuvieron todos! Los que iban a pie tuvieron caballos. ¡Casi no podían contar el oro y la plata que ganaron! Todos se hicieron ricos. El Cid se quedó con la quinta parte, ¡y le tocaron treinta mil marcos! ¡Qué contento se puso el Campeador cuando vio su estandarte en lo más alto del alcázar de Valencia!

Todavía tendría que luchar en otra batalla muy dura, porque el rey de Sevilla fue a ayudar a los moros de Valencia. Pero el Cid los venció en la huerta valenciana y los puso en desbandada; los fue persiguiendo hasta Játiva. El rey moro pudo escaparse a pesar de haber recibido tres grandes golpes, y muchos de sus soldados estuvieron a punto de ahogarse al pasar el Júcar.

¡Qué contentos estaban todos los cristianos con la victoria del Cid Ruy Díaz, el que en buena hora nació!

...vio su estandarte en lo más alto del alcázar de Valencia

El Cid tenía ya la barba muy crecida. Cuando el rey le desterró, había dicho que nunca se la iba a cortar para que moros y cristianos hablaran de ella.

Al saber la victoria del Cid sobre los moros, vino de Francia el obispo don Jerónimo, hombre muy entendido en letras, pero que también sabía manejar muy bien las armas. Al enterarse el Campeador, lo nombró obispo de Valencia, y todos los cristianos se pusieron muy contentos de que la ciudad tuviera ya obispo.

El Campeador habló con Minaya, que no se separaba de su lado. Le había mandado que contase a todos sus hombres y que pusiera sus nombres por escrito: ¡son tres mil seiscientos! Le comentó los pocos que eran cuando salieron de Castilla y la mucha riqueza que tenían ahora. Y añadió:

—Si quisierais, Minaya, y no os pesara, me gustaría que fuerais otra vez a ver al rey Alfonso, mi señor natural, y que le llevarais cien caballos. Le besaríais la mano de mi parte y le rogaríais que dejara salir de sus tierras a mi mujer y a mis hijas para que vengan aquí, a vivir conmigo.

Minaya le respondió:

—Lo haré con mucho gusto.

SEGUNDA EMBAJADA DE MINAYA AL REY ALFONSO

El Cid le dio a Álvar Fáñez cien hombres para que le acompañaran, y mil marcos de plata para que le diera quinientos al abad de San Pedro de Cardeña y otros quinientos para lo que doña Jimena, sus hijas y las doncellas necesitasen.

Al salir de las tierras de Valencia, Minaya preguntó dónde encontraría al rey Alfonso. Le dijeron que estaba en Carrión, y hacia allí se fue.

Acababa de oír misa el rey cuando llegó Álvar Fáñez. Se puso de rodillas ante él, le besó las manos y le dijo:

—¡Merced, señor Alfonso, por amor de Dios! Mio Cid os besa las manos y os pide que le hagáis merced. Le echasteis de vuestra tierra y no tiene vuestro favor. Aunque está en tierra ajena, él va haciendo lo suyo: ha ganado Jérica, Onda, Almenar, Murviedro, Castejón, Peña Cadiella y, por fin, ha conquistado Valencia. Aquí os traigo una muestra de todo lo que ha ganado: el Cid os regala cien caballos fuertes y corredores, todos con sillas y frenos. El Campeador os besa las manos y os ruega que aceptéis el regalo. Él os tiene como señor.

El rey Alfonso se santiguó y dijo:

—Me alegro mucho de las ganancias del Campeador y acepto con gusto estos caballos que me regala.

Al traidor García Ordóñez le pesaba mucho lo que oía y veía. Dijo:

—¡Parece que en tierra de moros no haya nadie porque el Cid hace lo que le da la gana!

Pero el rey le hizo callar diciéndole:

—¡No digáis eso! ¡Él me sirve en todo mucho mejor que vos!

Minaya le pidió entonces que dejara salir a doña Jimena y a las hijas del Cid de sus tierras para que pudieran reunirse con él en Valencia. Y el rey le contestó:

—Con mucho gusto. Yo les daré protección mientras estén en mis tierras. Cuando salgan de ellas, protegedlas vos.

Después se dirigió a toda su corte y les dijo que perdonaba a todos los que servían al Campeador y les devolvía su hacienda. Añadió además que los que quisieran ir con él tenían su permiso para hacerlo.

Al oírlo, Minaya sonrió. Y los dos infantes de Carrión, que eran unos avariciosos, comentaron entre sí:

—Mucho crece la ganancia del Cid Campeador. Podríamos casarnos con sus hijas, a pesar de que somos de categoría muy superior, porque él es de Vivar, y nosotros somos hijos de los condes de Carrión; pero así seríamos ricos.

No dijeron todavía nada a nadie. Sólo le pidieron a Minaya que saludara al Cid de su parte.

LA VUELTA A VALENCIA

El buen caballero se despidió del rey y se fue a San Pedro de Cardeña a buscar a doña Jimena y a las hijas del Cid. ¡Qué alegría tuvieron ellas cuando le vieron! Y mucho más cuando supieron que las iba a buscar para llevarlas junto al Campeador. ¡Cuántas cosas le preguntaron sobre él!

Minaya mandó enseguida a tres caballeros para que fueran a decirle al Cid que el rey dejaba salir a su mujer e hijas de sus tierras y que les daba protección mientras estuvieran en ellas. Y que en quince días estarían todos en Valencia.

Álvar Fáñez dio al abad los quinientos marcos, y con los otros quinientos mandó comprar en Burgos los mejores vestidos para doña Jimena, sus hijas y las doncellas que las servían; y también, los mejores caballos que encontró, que equipó muy bien.

Mientras tanto, no dejaban de acudir de todas partes caballeros que querían ir a servir al Cid, ¡más de sesenta y cinco! Pero además Raquel y Vidas fueron a ver a Minaya, ya que estaban desesperados porque, al acabar el plazo de un año, habían abierto, codiciosos, las arcas pensando que tenían una fortuna... ¡Y descubrieron que habían estado guardando un buen montón de arena! Sólo querían recuperar su dinero porque ya no pensaban en ninguna ganancia.

Minaya les dijo que hablaría con el Cid y que, sin duda, les devolvería el dinero que le habían dado.

Minaya se despidió del buen abad, que le rogó que dijera al Cid que no se olvidara del monasterio, porque necesitaba dinero para mantenerlo.

—Lo haré muy a gusto —le respondió el buen caballero.

Cinco días tardaron en llegar a Medina. Hasta allí los protegieron las gentes del rey Alfonso. En Medina los estaban ya es-

...descubrieron que habían estado guardando un buen montón de arena

perando los caballeros que había mandado en su busca el Cid: Muño Gustioz, Pedro Bermúdez, Martín Antolínez y el obispo don Jerónimo, a quienes acompañaban cien hombres.

Al enterarse de que su familia ya iba hacia Valencia, el Campeador mandó un mensajero a un caballero moro amigo suyo, Abengalbón, que era el gobernador de las tierras por donde iban a pasar, para que los protegiera. Él no quería salir de Valencia para que sus enemigos no aprovecharan la ocasión y se la arrebataran.

Abengalbón se puso muy contento al saber nuevas de su amigo Ruy Díaz y acompañó, con cien hombres suyos, a los caballeros del Campeador. Allí, en Medina, se encontraron todos. ¡Qué alegría tuvo Minaya al ver a su amigo, el moro Abengalbón! Sonriéndose los dos, se abrazaron. Abengalbón lo besó en el hombro, como era su costumbre.

Todos cenaron y descansaron en Medina, invitados por el rey. Bien de mañana, oyeron misa y se dirigieron a Valencia, pasando por las tierras de Abengalbón.

En Molina él los alojó y les dio todo lo que necesitaban, incluso herraduras para los caballos. Luego los acompañó hasta muy cerca de Valencia. Sólo les quedaban tres leguas para llegar a ella.

EL CID RECIBE A SU MUJER Y A SUS HIJAS EN VALENCIA

Cuando el Cid supo que su familia estaba ya a las puertas de la ciudad, ¡qué alegría tuvo! Mandó ir en su busca a doscientos caballeros más. Él, impaciente, esperaba dentro a doña Jimena y a sus hijas. Cuando ya supo que estaban a punto de entrar, mandó guardar muy bien el alcázar y todas las puertas de la ciudad, y pidió para montar un hermoso caballo que acababa de ganar a los moros. Se llamaba Babieca, y el Cid no sabía aún si era buen corredor.

Salió por la puerta de Valencia montando a Babieca. Llevaba una hermosa túnica, y sobre ella destacaba su barba ya muy larga. El hermoso caballo corrió tan bien que nadie lo olvidaría

...y fue a abrazar
a doña Jimena y a sus hijas

en toda España. Después de la carrera, el Cid descabalgó y fue a abrazar a doña Jimena y a sus hijas. ¡Todos lloraban de alegría!

Los caballeros los miraban muy contentos. El que en buena hora ciñó espada le dijo a su mujer y a sus hijas:

—Vos, mi amada mujer, y vosotras, mis dos hijas, sois mi corazón y mi alma. Entrad conmigo en Valencia, en esta ciudad que he ganado para vosotras.

El Cid las subió al alcázar, al lugar más alto, para que pudieran verlo todo. Los hermosos ojos de doña Jimena y sus hijas miraban por todas partes: dentro de la ciudad de Valencia, y fuera, al mar, a la huerta... ¡Qué maravilloso les parecía todo! ¡Estaban tan contentas!

Pasaron días muy felices juntos. Acabó el invierno, y vino la primavera.

NUEVA BATALLA A LAS PUERTAS DE VALENCIA

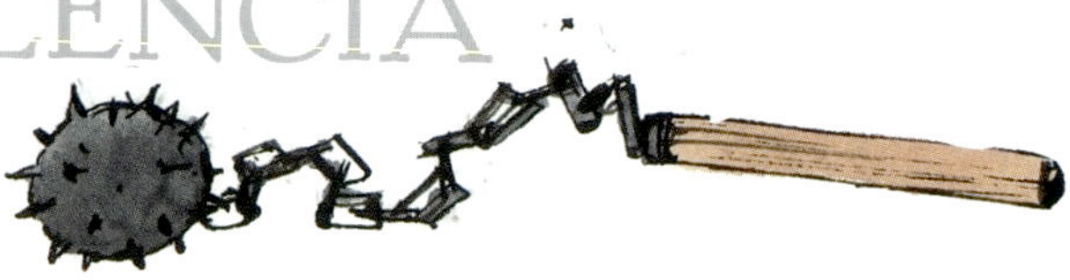

El rey de Marruecos, al saber que el Cid se había apoderado de Valencia, armó un poderoso ejército y llegó, por mar, cerca de la ciudad. Cuando lo supo el Campeador, empezó a preparar a su gente, porque no estaba dispuesto a perder lo que había ganado con tanto esfuerzo. Además así lo verían pelear su mujer y sus hijas. Las llevó de nuevo al alcázar para que vieran el ejército moro. Doña Jimena se asustó mucho al ver tantas tiendas, tanto soldado. Pero el Cid le dijo:

—¡No tengas miedo! Este peligro se convertirá en riqueza para nosotros, y así podré casar bien a nuestras hijas. Quédate, Jimena, en palacio, o, si quieres, ven a esta torre para verme pelear. Si sé que me estás mirando, tendré muchas más fuerzas para luchar. ¡Si Dios me ayuda, venceré al rey de Marruecos!

Amanecía y sonaban por todas partes los tambores. Nunca las damas habían oído tanto ruido. Tenían mucho miedo al ver los preparativos de la batalla. El Cid las tranquilizó y les dijo que antes de quince días todos esos tambores estarían a sus pies.

Los moros entraban ya por las huertas. En Valencia, el vigía, al verlos, tocó la campana, y empezaron a salir de la ciudad las tropas de los cristianos; pero dejaban las puertas bien guardadas. La batalla iba a ser muy dura.

Minaya le pidió al Campeador ciento treinta caballeros para atacar desde otro lado.

Mio Cid montaba a Babieca, su caballo corredor. Fue a buscar al rey Yucef de Marruecos y consiguió darle tres enormes golpes de espada. Pero el moro pudo escaparse y se refugió en Cullera. Los cristianos, que eran menos de cuatro mil, vencieron a cincuenta mil moros. No escaparon más de ciento cuatro. Las mesnadas del Cid recogieron del campo del enemigo más de tres mil marcos.

Ruy Díaz entró victorioso en Valencia, con la espada aún en la mano, pero con la cara descubierta, sin el yelmo. Doña Jimena lo estaba esperando. El Campeador, al verla junto a las doncellas, tiró de las riendas de Babieca y les dijo:

—Os saludo humildemente, señoras. He ganado para vosotras un gran honor. Mientras me guardabais Valencia, vencí en el campo de batalla con la ayuda de Dios. ¿Veis la espada sangrienta y el caballo sudoroso? Así se vence a los moros en la lucha.

Luego descabalgó y abrazó a su mujer y a sus hijas. Ya en el palacio, le dijo a doña Jimena que iba a casar a las doncellas que la servían con sus mejores caballeros y que les iba a dar a cada una doscientos marcos como dote.

Minaya, en el campo, contaba todas las ganancias. ¡Eran muchísimas! No pudieron coger todos los caballos que andaban sueltos por el campo, y a pesar de ello, sólo al Campeador le tocaron mil quinientos. Todas las tiendas de los moros fueron suyas; y el Cid mandó que guardaran la del rey de Marruecos, que era de tela labrada en oro, para enviársela al rey Alfonso de Castilla.

Todos en Valencia estaban contentos con tan gran victoria y con tantas ganancias. Y doña Jimena, por tener a su lado al Cid, sano y salvo. Y las doncellas, por casarse tan bien.

Entonces el Campeador llamó a Minaya:

—¿Dónde estáis, Minaya? ¡Venid acá! Mañana por la mañana, cogeréis doscientos caballos de los que me han correspondido, con sillas, con frenos, con espadas, y los llevaréis al rey Alfonso para que no tenga queja alguna del que manda en Valencia. Y le diréis que le serviré mientras viva.

TERCERA EMBAJADA AL REY ALFONSO

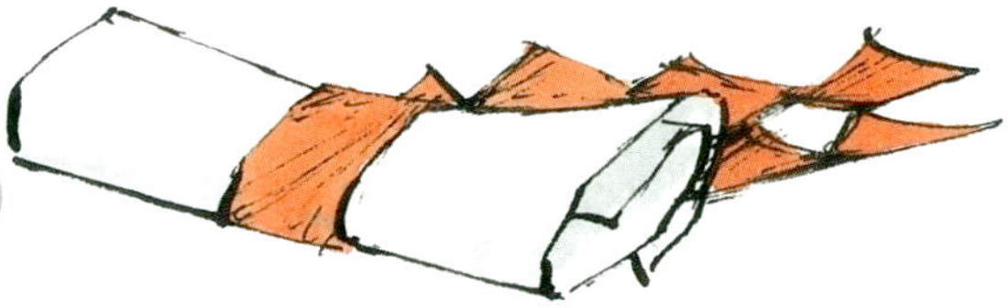

Pedro Bermúdez y doscientos caballeros acompañaron a Álvar Fáñez a Valladolid, donde estaba entonces el rey. Los dos fieles servidores, de rodillas ante él, le ofrecieron los presentes del Cid y le hablaron de su victoria. El rey Alfonso lo aceptó todo y dijo palabras elogiosas del Campeador, cosa que alegró a muchos. Pero entristeció a sus enemigos, al conde García Ordóñez y a otros nobles, que veían cómo el Cid, que no pertenecía a su clase social, tenía cada vez más poder.

El rey alojó con todos los honores a Minaya y a Pedro Bermúdez y les regaló tres caballos a cada uno de ellos.

Al verlo, y al oír las noticias de la victoria del Cid, los infantes de Carrión decidieron ir a rogar al rey que pidiera a Ruy Díaz de su parte a sus dos hijas en matrimonio. Sabían lo mucho que ganaban con ello.

El rey estuvo pensándolo un buen rato. Por una parte, no sabía si al Cid le gustaría; pero por otra, se daba cuenta de que así sus hijas se casaban con dos nobles, y ganaba en honra la familia del Campeador.

Llamó a Minaya y a Pedro Bermúdez y les dijo que invitaba al Cid a reunirse con él y así le perdonaría; y que además los infantes de Carrión, don Diego y don Fernando, querían casarse con sus hijas; que se lo dijeran al Cid porque con esas bodas ganaría en honra y en tierras. Y añadió que la reunión se haría donde el Cid dijera. ¡El rey le hacía un gran honor al dejarle escoger el lugar de las vistas!

Los dos caballeros cabalgaron lo más deprisa que pudieron de vuelta a Valencia para contárselo todo al Campeador. Él se alegró mucho con la actitud del rey; pero, al saber que los infantes de Carrión querían casarse con sus hijas, se pasó mucho rato pensándolo.

El rey estuvo pensándolo
un buen rato

Ruy Díaz se decía a sí mismo: «Me echaron de mi tierra y he ganado con mi esfuerzo y con la ayuda de Dios todo lo que ahora tengo. El rey me devuelve su amistad y me pide a mis dos hijas para esos infantes. Son unos orgullosos y no me gustan nada; pero si el rey me lo pide, él debe de saber lo que hace. ¡Ojalá sea una decisión acertada!»

El Cid hubiera ido a ver al rey donde le hubiera dicho; pero al darle a él la posibilidad de escoger el lugar para el encuentro, decidió que fuera a orillas del Tajo, que era un gran río. Así se lo escribió al rey de Castilla y mandó dos mensajeros con la carta.

El rey aceptó y le contestó diciéndole que las vistas serían dentro de tres semanas.

EL CID SE REÚNE CON EL REY ALFONSO DE CASTILLA

Enseguida empezaron los preparativos para la reunión. Todos los caballeros que iban a acompañar al Cid se vistieron lo mejor posible, de colores, y cogieron los mejores caballos y armas. El Campeador eligió a Álvar Salvadórez y al aragonés Galindo García para que se quedaran en Valencia y la guardaran de los posibles ataques de los enemigos. Tenían además que proteger a su amada Jimena y a sus hijas, y a las damas que las servían, que se quedaban en la ciudad. A ellas les dijo que no salieran del alcázar hasta que él volviera.

El rey Alfonso llegó un día antes al lugar de las vistas. Cuando el Cid vio al rey, descabalgó y se puso de rodillas y, apoyando las manos en tierra, cogió con los dientes unas pocas hierbas del campo en señal de sumisión. Lloraba emocionado. El rey, al verlo así, le dijo:

—¡Levantaos, Cid Campeador! Besadme las manos, pero no los pies; si no, no os perdonaré.

El Cid, de rodillas, le besó las manos, y el rey le perdonó ante toda la corte. Luego se abrazaron. ¡Cuánto le pesó al malvado García Ordóñez!

Los infantes de Carrión se acercaron a saludar al Cid y le dijeron que siempre procurarían su beneficio. Y el buen Campeador pensó que ojalá fuera así. No le caían bien los dos orgullosos infantes.

Ese día el rey invitó al Cid y a sus gentes. No se cansaba de mirar a su buen vasallo porque le quería mucho, ni de admirar su larga barba.

Al día siguiente fue el Campeador quien invitó al rey y a su corte. Hacía tiempo que no comían tanto y tan bien.

Luego se abrazaron

EL REY CASA A LAS HIJAS DEL CID

El obispo don Jerónimo, que había acompañado al Cid, dijo la misa, y al salir, el rey juntó a todo el mundo y dijo:

—¡Oídme todos! Quiero rogarle una cosa al Cid Campeador.

Todos callaron y escucharon las palabras solemnes del rey:

—Cid Campeador, os pido a vuestras hijas, a doña Elvira y a doña Sol, como esposas para los infantes de Carrión. Me parece que el casamiento os honra. Ellos las piden, y yo os mando que se las deis. ¡Dádselas, Mio Cid!

Ruy Díaz, con mucho respeto, respondió a su rey:

—Mis hijas son todavía muy jóvenes, y yo aún no las casaría. Los infantes de Carrión son de muy alto linaje y merecen a mis hijas y a doncellas más nobles aún. Son mis hijas, pero vos las criaste. Yo os las dejo en vuestras manos, dádselas a quienes queráis.

Al oírle, el rey le dio las gracias, y los infantes de Carrión fueron a besar la mano al que en buena hora nació. Ellos y el Cid intercambiaron las espadas ante el rey Alfonso, que dijo:

—Gracias, Cid, por haberme dado a vuestras hijas para los infantes de Carrión. Yo las caso por el amor que os tengo, ¡Dios quiera que sea de vuestro agrado! Los infantes de Carrión irán con vosotros a Valencia. Les doy trescientos marcos de plata como regalo de bodas.

Y el Cid le contestó:

—Os lo agradezco mucho como rey y señor. Vos casáis a mis hijas, yo no.

Decidieron que al día siguiente de mañana todos se irían a Valencia. El Cid regaló sesenta caballos a los caballeros del rey e invitó a todo aquel que quisiera ir a las bodas. Pero antes de irse, le dijo al rey Alfonso:

...intercambiaron las espadas
ante el rey Alfonso

—Os quiero pedir algo a vos, mi rey y señor. Ya que habéis casado a mis hijas con quienes habéis querido, nombrad a un representante vuestro para que se las den a los infantes, porque yo no quiero darlas de mi mano.

Y el rey Alfonso, aceptando el ruego, le dijo a Minaya:

—Álvar Fáñez, tomadlas vos y dádselas a los infantes en mi nombre. Sed vos el padrino.

Minaya aceptó con mucho gusto el honor.

El Cid, antes de irse, quiso hacer otro regalo al rey: le dio treinta caballos corredores y treinta palafrenes o caballos de montar. Luego se despidió de él besándole la mano y no quiso que lo acompañase hasta la salida del campamento.

Muchos caballeros se fueron con el Cid a Valencia para asistir a las bodas. El Campeador mandó que sus fieles Pedro Bermúdez y Muño Gustioz acompañasen a los infantes y así fueran viendo cómo eran y cómo actuaban.

LAS BODAS DE DOÑA ELVIRA Y DOÑA SOL

El Cid regresó a Valencia y mandó acomodar a todos los caballeros invitados en sus aposentos. Después se fue al alcázar, donde le estaban esperando doña Jimena y sus hijas. ¡Qué contentas se pusieron las tres al verle! El Cid, después de abrazarlas, les dijo:

—Mi amada mujer, doña Jimena, y vos, mis queridas hijas, doña Elvira y doña Sol, con este casamiento crece nuestro honor; pero quiero que sepáis que no soy yo quien lo ha pactado, sino el rey Alfonso. Yo no supe decirle que no. Él os casa, no yo.

Ellas confiaban plenamente en la decisión del Cid y aceptaron gustosas, convencidas de que se casaban muy bien y de que iban a ser felices.

Empezaron los preparativos de las bodas. Adornaron el palacio con tapices y alfombras; con telas de púrpura y bordadas de oro. Las damas y los caballeros se pusieron muy elegantes. Y entonces llegaron a palacio los infantes de Carrión, muy gallardos y bien vestidos. Los recibió en la puerta el Cid con todos sus vasallos, y ellos le saludaron con respeto.

Después el Cid llamó a Álvar Fáñez y le dijo:

—Álvar Fáñez, al que yo quiero y amo. Pongo mis dos hijas en vuestras manos. Ya sabéis que el rey lo ha mandado así. Dádselas a los infantes de Carrión y que sean bendecidos.

Doña Elvira y doña Sol se levantaron, y Minaya les cogió las manos y se las dio a los infantes de Carrión, diciéndoles:

—Estáis delante de Minaya. Por mano del rey Alfonso, que a mí así me lo ha mandado, os doy estas dos nobles doncellas para que las toméis por mujeres legítimas.

Los dos las recibieron con mucho amor y alegría. Luego fueron a besar las manos del Cid y de doña Jimena. Hecha esta ceremonia, se fueron a la iglesia de Santa María, donde el obispo Jerónimo dijo la misa y los bendijo.

Después, en las calles y en palacio, empezaron las fiestas, que duraron quince días. Al acabar, se fueron los caballeros invitados, y a todos les hizo regalos el buen Campeador.

Don Diego y don Fernando, los hijos del conde don Gonzalo, estaban muy contentos. Dos años vivieron muy felices con sus mujeres, doña Elvira y doña Sol, las bellas hijas del Cid.

También era feliz el Campeador, que veía a su familia contenta. ¡Ojalá hubiera sido siempre así!

CANTAR TERCERO

SE ESCAPA EL LEÓN

Un día, el Cid estaba durmiendo la siesta en un escaño cuando se escapó de la jaula un león que había en palacio. Sus servidores, aterrados, rodearon al caballero. Como estaban desarmados, se envolvieron el brazo con el manto para defenderse si los atacaba.

¡Qué miedo tuvieron los infantes de Carrión al ver a la fiera suelta! Don Fernando, al no tener cerca una puerta por donde escapar, se escondió debajo del escaño donde dormía el Campeador. Don Diego, su hermano, sí pudo escapar por una puerta gritando: «¡Ya no veré Carrión!»; fue a esconderse detrás de una viga del lagar (donde se pisaba la uva para hacer el vino).

Al ruido, despertó el Cid y, al verse rodeado de sus buenos servidores, preguntó:

—¿Qué pasa? ¿Qué queréis de mí?

—¡Señor, se ha escapado el león! —le contestaron.

El Campeador se levantó; ni tan siquiera cogió el manto para protegerse y se dirigió hacia el león. La fiera, cuando lo vio, bajó la cabeza hasta poner el hocico en tierra, como para mostrarle reverencia. Don Rodrigo cogió el león del cuello y lo llevó a la jaula. Todos los que lo vieron se quedaron maravillados. ¡El león parecía un animal manso!

Mio Cid preguntó por sus yernos y nadie sabía dónde estaban. Los llaman y no aparecen. Al rato los dos salieron de su escondite; estaban pálidos de miedo. Don Diego llevaba el manto y la túnica muy sucios.

Toda la corte se burlaba de ellos, de tal forma que el Cid tuvo que prohibir que lo hicieran.

Los infantes se sintieron muy humillados por esas burlas.

EL REY BUCAR ATACA VALENCIA

En ese tiempo, un ejército de Marruecos volvió a cercar Valencia. Su caudillo era el rey Bucar, que mandó plantar cincuenta mil tiendas junto a la ciudad.

Al verlo, el Cid y sus valientes caballeros se pusieron muy contentos porque pensaron ya en la ganancia que iban a conseguir. En cambio, los infantes de Carrión, al ver tantas tiendas de moros, creyeron que ya no volverían a Carrión. ¡Ellos habían pensado sólo en lo que ganaban al casarse con las hijas del Cid y no en lo que tendrían que hacer! ¡Creyeron ya que iban a dejar viudas a doña Elvira y doña Sol!

Muño Gustioz oyó lo que comentaban entre sí y cómo hablaban de su tierra, y le dijo al Cid Ruy Díaz:

—¡Si vierais el miedo que tienen vuestros yernos! ¡Son tan valientes que echan de menos a Carrión por no entrar en batalla! Id a tranquilizarlos, Mio Cid; que se queden en la ciudad. ¡Nosotros nos bastamos para vencer a los moros! ¡Dios nos protegerá!

Don Rodrigo, sonriendo, fue a ver a don Diego y a don Fernando y les dijo:

—¡Dios os salve, yernos, infantes de Carrión! Sois los maridos de mis bellas hijas, que son blancas como el sol. Yo deseo pelear, y vosotros estáis pensando en Carrión. Quedaos en Valencia y descansad a gusto; yo venceré a los moros con ayuda de Dios.

Pero los infantes, avergonzados, decidieron ir a luchar en primera línea para que vieran todos su valor. El Cid se alegró mucho, pues pensó que todavía sus yernos podían llegar a ser unos caballeros valientes.

Ya sonaban por todas partes los tambores de los moros. Los

...los infantes, avergonzados,
decidieron ir a luchar

que nunca los habían oído estaban asombrados, y mucho más los miedosos infantes de Carrión.

El Cid le pidió a su sobrino Pedro Bermúdez que cuidara de los infantes en el campo de batalla; pero el valiente caballero le dijo que no, que los cuidara otro porque él quería ser de los primeros en atacar a los enemigos.

Minaya, el obispo don Jerónimo y todos los valientes caballeros del Cid salieron cabalgando en primera línea contra las tropas moras. El Campeador, sobre Babieca, luchaba con todas sus fuerzas, de tal forma que, nada más entrar en combate, derribó a siete enemigos y mató a cuatro.

¡Teníais que ver cómo derribaban las tiendas enemigas! ¡Cuántos brazos armados y cuántas cabezas con yelmos caían al campo de batalla! Se veían por todas partes caballos sin dueño. El ejército enemigo huía en desbandada; el Campeador y los suyos lo persiguieron siete millas, unos cuarenta kilómetros.

El Cid Ruy Díaz seguía al rey Bucar, que no quiso enfrentarse con él. El caballo del rey moro era muy veloz; pero Babieca,

...pero Babieca, al fin,
lo alcanzó a orillas del mar

al fin, lo alcanzó a orillas del mar. El Cid levantó su espada Colada y le dio un gran golpe con ella en el yelmo; la espada le llegó hasta la cintura. El rey Bucar cayó muerto, y el Cid cogió su espada Tizona, que valía mil marcos de oro. Había ganado la batalla.

LOS AVARICIOSOS YERNOS DEL CID

Los soldados empezaron a recoger las ganancias, saqueaban las tiendas vacías y cogían los caballos sueltos.

El Cid, cansado, se quitó la capucha de cota de malla; sobre la cabeza llevaba la cofia de tela arrugada, y su cara tenía las marcas de la presión de la capucha. Estaba mirando todo lo que habían ganado cuando vio venir hacia él a sus yernos. ¡Cuánto se alegró! Sonriendo, les dijo:

—¡Venid, yernos e hijos míos! Os veo contentos de haber peleado. Irán a Carrión las buenas noticias de nuestra victoria sobre el rey Bucar.

En ese momento llegaba Minaya, con el escudo colgado del

cuello, lleno de golpes de espada y de lanza. La sangre le bajaba por el codo, ¡había matado a más de veinte enemigos! No se les veía así a los infantes de Carrión.

Los peones llevaban a Valencia todo lo que habían ganado. ¡Qué contentos estaban el Cid y sus caballeros! A cada uno de ellos le tocaron seiscientos marcos de plata. Cuando los infantes de Carrión cogieron el dinero, pensaron que ya nunca serían pobres, ¡habían ganado cinco mil marcos! Al Cid le tocó la quinta parte de todo, y fue más de seiscientos caballos y muchas mulas y camellos.

Minaya abrazó también a los infantes, satisfecho de que hubieran luchado contra Bucar. Se acercaban ya a recibirles doña Jimena, doña Elvira y doña Sol. El Cid, al verlas, les dijo a los infantes:

—¡Aquí tenéis, yernos, a mi mujer y a mis hijas, doña Elvira y doña Sol! ¡Podéis abrazarlas muy contentos! ¡Gracias doy a santa María, la madre de Dios, porque vais a ganar mucho con estas bodas! ¡Llegarán a Carrión muy buenas noticias!

Y don Fernando, muy vanidoso, le contestó:

—¡Gracias a Dios y a vos, Cid honrado, hemos ganado tanto que no podemos ni contarlo! ¡Por vos tendremos honra porque hemos luchado! Vencimos a los moros en el campo y a su rey Bucar.

Al oírle, los vasallos del Cid se sonreían, burlones. Empezaron a recordar la batalla y a los que fueron más valientes y más osados, y nadie nombraba a los de Carrión, porque nadie los vio luchar con valor.

LA DECISIÓN DE LOS INFANTES DE CARRIÓN

Don Fernando y don Diego, al verlo, se fueron aparte —¡los dos eran iguales!— y comentaron:

—Vámonos a Carrión. Ya llevamos mucho tiempo aquí. Somos ricos. No gastaremos lo que hemos ganado en toda nuestra vida. Pidamos al Cid que nos deje llevar a nuestras mujeres para enseñarles nuestras tierras en Carrión. Las sacamos de Valencia, de la protección del Campeador; luego por el camino haremos lo que queramos. Así no nos recordarán lo que pasó con el león. Nosotros somos hijos de los condes de Carrión, nos vengaremos en las hijas del Cid, las humillaremos. Con el dinero que tenemos, nos podremos casar con hijas de reyes o de emperadores, porque nosotros somos de muy alto linaje, no como él.

Los dos pensaban lo mismo. Eran unos cobardes vanidosos y unos malvados.

Don Fernando le pidió al Cid que les dejara ir a su tierra con sus esposas para que vieran las posesiones que heredarían sus hijos. El Cid no sospechó lo que estaban tramando y les dijo:

—Os daré a mis hijas y algo de lo mío. Les doy a ellas como dote tres mil marcos de oro, y a vosotros, mulas, caballos y muchos vestidos. Os regalo además mis dos espadas, Colada y Tizona. Sois mis hijos; al daros a mis hijas, me lleváis lo que más amo. Quiero que sepan en Galicia, en Castilla y en León la riqueza que doy a mis yernos. Servid a mis hijas porque son vuestras esposas. Si así lo hacéis, yo os premiaré.

Los infantes de Carrión le dijeron al buen Cid que así lo harían. Recibieron todo lo que el Campeador les dio y, cuando lo habían cargado todo, se despidieron para emprender el camino a sus tierras.

Os regalo además mis dos espadas,
Colada y Tizona

Doña Elvira y doña Sol se abrazaron a su padre. Le piden que no deje de mandar mensajeros a Carrión que lleven noticias suyas. El buen Ruy Díaz las abrazaba y besaba, ¡las quería mucho! También se despidieron de su madre, doña Jimena, que estaba triste porque se iban, pero contenta al ver a sus hijas tan bien casadas. Los dos les dieron su bendición. El Cid y sus caballeros los acompañaron por la huerta de Valencia.

Pero el buen Campeador no estaba tranquilo. Llamó a su sobrino Félez Muñoz y le dijo:

—Mi buen sobrino Félez Muñoz, tú eres primo de mis hijas del alma, vete con ellas hasta que entren en Carrión; así verás las tierras que van a tener. Luego regresa y me lo cuentas.

El Cid le mandó a su sobrino que fueran por Molina y que durmieran allí una noche; así saludarían a su amigo el moro Abengalbón. Le dijo también que le pidiera que protegiera a sus hijas hasta que llegaran a Medina, en tierras del rey Alfonso.

Llegó el momento de la despedida. ¡Cuánto lloraron el Cid y sus hijas al separarse!

PRIMERA TRAICIÓN DE LOS INFANTES

Los infantes de Carrión y sus mujeres, acompañados de los suyos, se dieron prisa para llegar a Medina. Pasaron por Santa María de Albarracín. El moro Abengalbón, cuando supo que estaban allí, los salió a recibir muy contento. ¡Qué bien los sirvió a todos!

Al día siguiente, los acompañó con doscientos caballeros. Pasaron por los montes de Luzón y, por fin, llegaron al río Jalón y descansaron en El Ansarera. El alcaide moro dio muchos regalos a las hijas del Cid y buenos caballos a los infantes de Carrión; todo lo hacía por amor al Cid Campeador.

Los infantes, al ver la riqueza del moro, comentaron:

...¿qué os he hecho, infantes?

—Como vamos a dejar a las hijas del Cid, si matásemos al moro Abengalbón, nos podríamos quedar con todo lo que tiene y llevarlo a Carrión. Allí no podrá hacernos nada el Cid.

Un moro que hablaba castellano oyó lo que decían, y fue a contárselo enseguida a su señor Abengalbón:

—Alcaide, guárdate de éstos. Te lo advierto porque eres mi señor. He oído cómo los infantes de Carrión están planeando matarte.

Abengalbón era un joven muy valiente. Cabalgando con sus doscientos caballeros, se fue donde estaban los traidores infantes y les dijo:

—Decidme, ¿qué os he hecho, infantes? Os he servido lealmente, y vosotros planeáis mi muerte. Si no fuera por el Cid, os haría tal cosa que sonara por todo el mundo, y luego devolvería las hijas al Campeador leal. ¡Vosotros nunca entraríais en Carrión! Me marcho y os dejo como malos y traidores. ¡Ojalá, a pesar de todo, estas bodas sean buenas para el Cid!

Después Abengalbón regresó a Medina atravesando el río Jalón.

LA AFRENTA DE CORPES

Los infantes de Carrión cabalgan día y noche. Dejaron a la izquierda Atienza y pasaron luego la sierra de Miedes. Más adelante dejaron a la derecha San Esteban de Gormaz para entrar en el robledo de Corpes.

Los montes eran muy altos, las ramas subían hasta las nubes; andaban por allí animales salvajes. En el bosque encontraron un vergel, un prado con hermosos árboles. Mandaron los infantes de Carrión que se plantasen las tiendas cerca de una fuente para pasar la noche. Fingían querer mucho a sus mujeres para que todos lo viesen y nadie sospechara nada.

Al amanecer, mandaron que todo el mundo se adelantara.

Ellos dicen que quieren quedarse un poco más en ese bello lugar con sus mujeres.

Cuando calcularon que ya todos estaban lejos, les dijeron a sus esposas:

—¡Vais a ver lo que os espera, doña Elvira y doña Sol! Primero os humillaremos y luego os dejaremos solas en estos fieros montes. No vais a ver nunca nuestras tierras de Carrión. Ya le llegará la noticia al Cid Campeador, ¡así nos vengamos de la del león!

Les quitaron los mantos y las dejaron en camisa. Tenían en los pies calzadas las espuelas y cogieron las correas con la mano. Cuando ellas vieron qué iban a hacer, les dijo doña Sol:

—¡Por Dios, don Diego y don Fernando, no hagáis eso! Tenéis dos espadas fuertes y que cortan muy bien; una se llama Colada, y la otra Tizona: cortadnos las cabezas. ¡No nos peguéis! Si lo hacéis, tendréis que pagarlo en la corte.

Pero no les hicieron ningún caso. Y empiezan a pegarles brutalmente con las correas y les dan golpes con las espuelas. Les rompían las camisas y la carne; la rica tela con hilos de oro

...cogieron las correas
con la mano

se iba tiñendo del color rojo de la sangre. ¡Qué suerte si hubiera asomado entonces el Cid Campeador!

Tanto las golpearon que las dejaron sin sentido. Se cansaron de darles golpes. Aquí sí los cobardes competían a ver cuál de los dos golpeaba más, no en el campo de batalla.

Por muertas las dejaron en el robledo de Corpes. Les quitaron los mantos y las ricas pieles, las dejaron desmayadas, con las camisas empapadas en sangre, para que las aves del monte

y las fieras acaben con ellas. ¡Qué suerte si hubiera asomado entonces el Campeador!

Los dos malvados infantes iban por el monte, contentos de lo que habían hecho, y decían:

—Ahora nos hemos vengado de nuestros casamientos. No las debíamos haber tomado ni por amantes aunque nos lo hubieran rogado, ¡y menos por mujeres legítimas! ¡Así hemos vengado la deshonra del león!

FÉLEZ MUÑOZ ENCUENTRA A LAS HIJAS DEL CID

A Félez Muñoz no le gustó nada que los infantes les mandaran ir delante. No sabía por qué, pero algo sospechó. Se separó de los demás y entró en un espeso monte; allí iba a esperar a que llegaran sus primas. Pero de pronto vio venir solos a los de Carrión y oyó sus comentarios. Los infantes no le vieron, porque, si lo llegan a descubrir, lo matan.

Escondido, esperó a que se fueran los dos, y luego retrocedió hasta el bosque de los robles. Allí encontró a sus primas desmayadas, en medio de un charco de sangre.

—¡Primas!, ¡mis primas!, ¡doña Elvira y doña Sol! ¡Qué malvados han sido los infantes de Carrión! ¡Quieran Dios y la Virgen que reciban su castigo!

Así les hablaba Félez Muñoz mientras las ponía boca arriba y les levantaba la cabeza, intentando que volvieran en sí. Pero

no conseguía que recobraran el sentido. ¡Cómo las habían golpeado los malvados! El buen joven, desesperado, seguía llamándolas y les hablaba para ver si despertaban:

—¡Primas, primas! ¡Doña Elvira y doña Sol! ¡Despertad, por Dios, primas, mientras es de día! Si llega la noche, nos comerán las fieras en este monte.

Poco a poco iban recobrándose las dos. Por fin, abrieron los ojos y vieron a Félez Muñoz, que les seguía diciendo:

—¡Ánimo, primas, por amor de Dios! En cuanto los infantes de Carrión vean que no estoy, mandarán que me busquen. Si Dios no nos protege, moriremos aquí los tres.

Doña Sol pudo hablar con mucha dificultad y le dijo:

—¡Por favor, primo mío, dadnos agua!

Entonces Félez Muñoz, gracias a que el sombrero que llevaba era nuevo, pudo coger agua y dársela a sus pobres primas. Bebieron mucho y poco a poco cogieron fuerzas para subir al caballo.

Félez Muñoz las tapó con su manto, cogió el caballo por las riendas, y salieron los tres del robledo de Corpes en el momento en que el sol se ponía ya.

El buen joven, desesperado, seguía llamándolas

garan día y noche sin parar, que quería que trajeran enseguida a sus queridas hijas a Valencia la mayor.

Así lo hicieron. Sólo descansaron al llegar a Gormaz, muy cerca ya de San Esteban. Al enterarse de que Minaya estaba llegando, los varones de San Esteban se prepararon para recibirlo con honores, y Álvar Fáñez se lo agradeció mucho. Quiso enseguida ver a sus primas. ¡Cuánto lloraron al abrazarse!

Pedro Bermúdez las consolaba:

—Doña Elvira y doña Sol, no os preocupéis más. ¡Estáis sanas y salvas! Ya os casaréis mucho mejor. ¡Ojalá llegue el día en que os podamos vengar!

Pasaron ahí la noche y, al día siguiente, de mañana, emprendieron el viaje de vuelta.

Ese día llegaron a Berlanga, donde descansaron por la noche; luego llegarían a Medina, y al otro día alcanzarían Molina. Allí los recibió el buen moro Abengalbón, que los acogió lo mejor que supo. Sólo les quedaba una jornada para llegar a Valencia.

Cuando el Cid supo que sus hijas estaban ya cerca, montó a

Pasaron ahí
la noche

caballo para ir a su encuentro. ¡Cómo las abrazó! ¡Cómo las besaba! Entonces volvió a sonreír.

—¡Venid, hijas mías! ¡Dios os proteja! Acepté el casamiento porque no me atreví a decir nada al rey. ¡Dios quiera que os vea mucho mejor casadas! ¡Espero que Dios permita que me vengue de mis yernos!

Todos se dirigieron a la ciudad. ¡Cómo lloraba doña Jimena al abrazar a sus hijas! ¡Qué alegría tenía también de volver a verlas!

EL CAMPEADOR PIDE JUSTICIA AL REY ALFONSO

El Cid no quiso dejar pasar ni un minuto más y habló con sus más fieles caballeros. Llamó a Muño Gustioz:

—¿Dónde estás, Muño Gustioz, mi buen vasallo? Llevarás mi mensaje al rey Alfonso. Le besarás la mano y le dirás que yo soy su vasallo y él es mi señor. Le contarás la afrenta que me han hecho los infantes de Carrión y espero que al rey le pese de corazón. Fue él quien casó a mis hijas, no yo. Al dejarlas con gran deshonor, si a mí me han deshonrado, mucho más lo han deshonrado a él. Además ellos se llevaron riquezas mías. Pedidle al rey que los convoque a vistas, a juntas o a cortes, según considere oportuno. Mi corazón está lleno de dolor y de rabia.

Muño Gustioz, acompañado de dos caballeros y de algunos escuderos, cabalgó descansando lo menos que pudo hasta llegar a San Fagundo, donde estaba el rey Alfonso, que lo era de Castilla, de León, de las Asturias y de Galicia.

Entró en palacio y se dirigió donde estaba el rey. El rey Alfonso, al verlo, se levantó y lo recibió muy bien. Muño Gustioz, se puso de rodillas ante él y le dijo:

—¡Merced, rey Alfonso! El Campeador os besa las manos, él es vuestro vasallo, y vos sois su señor. Casasteis a sus hijas con los infantes de Carrión; fue una decisión vuestra. Ya os habréis enterado de la deshonra que nos han hecho, cómo golpearon cruelmente a las hijas del Cid Campeador, cómo las abandonaron desnudas y casi muertas en el robledo de Corpes para que las aves del monte y las fieras las acabaran de matar. El Cid os pide que convoquéis a los infantes de Carrión a vistas, a juntas o a cortes, como vos digáis. Él se tiene por deshonrado, pero vuestra deshonra es mayor.

El rey Alfonso estuvo un buen rato callado y pensando. Luego le dijo:

El rey Alfonso estuvo
un buen rato callado

—En verdad te digo que me pesa de corazón. Tienes razón, Muño Gustioz, al decir que fui yo quien casó a las hijas del Cid con los infantes de Carrión. Lo hice porque creí que lo honraba, ¡ojalá no lo hubiera hecho! Me pesa tanto como al Cid. Lo ayudaré en justicia, ¡vive Dios que así lo haré! Mandaré pregonar por todo mi reino las cortes que voy a hacer en Toledo. Allá irán condes e infanzones, y obligaré a que vayan los infantes de Carrión para que respondan ante el Cid de lo que han hecho. Dile al Campeador que se prepare con sus vasallos para dentro de siete semanas y que venga a Toledo, donde convoco las cortes, por el amor que le tengo.

Muño Gustioz se despidió del rey y volvió a Valencia.

Inmediatamente los mensajeros fueron por todos los reinos pregonando las cortes y ordenando que todos acudieran a ellas; el que no fuera dejaría de ser vasallo del rey.

Al enterarse los infantes de Carrión de la convocatoria de las cortes, les entró el miedo de que fuera a ellas el Cid Campeador, y le pidieron al rey que les dispensara de asistir. Pero el rey no les dejó, sino todo lo contrario, porque les dijo que quería

...los mensajeros fueron
por todos los reinos

que estuvieran presentes para responder ante el Cid de lo que habían hecho.

Al ver que no tenían escapatoria, pidieron ayuda a sus parientes. García Ordóñez, que siempre fue enemigo del Cid, los aconsejaría.

EL CID LLEGA A LAS CORTES DE TOLEDO

Se estaba acabando el plazo dado para las cortes, y el rey Alfonso llegó a Toledo de los primeros. Le acompañaban el conde don Enrique y el conde don Ramón, que sería el padre del buen emperador, y otros muchos nobles. También llegaron los infantes de Carrión con Asur González, su hermano mayor, con su padre, Gonzalo Ansúrez, y con García Ordóñez.

De todas partes iba llegando gente; sólo faltaba el Cid. El rey empezaba a estar inquieto; pero al quinto día llegó Mio Cid el Campeador. Mandó antes a Álvar Fáñez para que besase las manos al rey y le dijera que él llegaría por la noche. El rey, muy contento, salió a recibirle.

El Campeador, al verle, descabalgó y quiso ponerse de rodillas ante él, pero el rey sólo le dejó que le besara la mano, y después los dos se abrazaron. Luego el rey volvió a Toledo, pero el Cid no quiso entrar en la ciudad por precaución; prefirió alojarse en el castillo de San Serván, al otro lado del Tajo. Allí con los suyos rezaron al santo y pidieron a Dios que les ayudara. Después hablaron de cómo iban a actuar.

Por la mañana, después de oír misa, el Cid dijo a sus caballeros más fieles que le acompañasen junto a una escolta de cien hombres. A todos les mandó que vistieran trajes de fiesta, con mantos y pieles de armiño; pero que por debajo fueran bien armados y que llevaran los cordones de los mantos bien apretados para que no se les vieran las espadas.

El buen Campeador se puso unas calzas de buen paño y sobre ellas unos zapatos de piel trabajada; se vistió una camisa de hilo fino, blanca como el sol, con las presillas bordadas de oro y plata; sobre ella un brial de brocado de seda con hilos de oro; y luego una piel roja con franjas también de oro. En la cabeza llevaba una capucha de lino muy fino, blanca, con bordados en oro; y se recogía la larga barba con un cordón. Se puso luego un manto riquísimo.

Así salió de San Serván para entrar en Toledo. A la puerta de la corte, descabalgó y entró rodeado de sus cien caballeros.

Cuando lo vieron entrar, el buen rey Alfonso se puso en pie, y también lo hicieron el conde don Enrique y el conde don Ramón, y luego todos los otros caballeros: recibían con gran honra al que en buen hora nació. Los únicos que no se levantaron fueron los infantes de Carrión, ni tampoco García Ordóñez ni los de su bando.

El rey invitó a sentarse al Cid en su escaño; pero el Campeador renunció a tan alto honor y le dijo que ése era el lugar del rey y que él se sentaría con los suyos.

Todos en la corte admiraban la gallardía del que en buena hora nació.

EL CID RECLAMA LO SUYO

Entonces el buen rey don Alfonso se levantó y habló a la gente:

—¡Oídme, mesnadas! Desde que soy rey sólo he celebrado dos cortes: una en Burgos y otra en Carrión. Esta tercera, en Toledo, la hago por amor a Mio Cid, el que en buena hora nació, por la injusticia que le han hecho los infantes de Carrión. El conde don Enrique y el conde don Ramón serán los jueces, y estos otros condes que no son del bando de los de Carrión. Tengamos paz mientras se juzga la causa; si alguien provoca disturbios, lo desterraré. Ahora hable Mio Cid el Campeador, y luego veremos qué contestan los infantes de Carrión.

Mio Cid besó la mano del rey y, de pie, dijo:

—Os agradezco mucho, mi rey y señor, que hayáis hecho esta corte por amor a mi persona. Yo no estoy deshonrado porque los infantes de Carrión dejaran a mis hijas, puesto que yo no las casé, sino vos. Cuando se las llevaron de Valencia, los quería mucho y les di dos espadas que había ganado, Colada y Tizona, para que se honrasen con ellas y os sirvieran a vos. Cuando dejaron a mis hijas en el robledo de Corpes, no quisieron ya nada conmigo y perdieron mi amor. ¡Que me devuelvan ahora las espadas porque ya no son mis yernos!

Los jueces sentenciaron:

—Es justo lo que pide.

El conde García Ordóñez ruega que le dejen hablar con los de Carrión. Salen y hablan aparte; analizan la situación y deciden que es bueno devolverle las espadas al Cid, porque parece que él no quiere hablar de la deshonra de sus hijas. Creían que con el rey se pondrían fácilmente de acuerdo.

Al volver a la corte, admitieron que era verdad que el Cid les había dado las espadas y se las devolvieron al rey. Éste las desenvainó, ¡y cómo relumbraban! Sus pomos eran de oro. Todos las admiraban. Luego el buen rey Alfonso se las dio al Cid, que le besó de nuevo la mano.

El Campeador se sonrió, contento. ¡Conoce muy bien las espadas!, nadie podría cambiárselas. Se coge la barba entonces y dice:

—¡Por esta barba que nadie ha mesado, así se irá vengando a doña Elvira y a doña Sol!

Y le dio la espada Tizona a su sobrino Pedro Bermúdez. La otra espada, Colada, se la dio a Martín Antolínez, el buen bur-

Los infantes de Carrión salieron a hablar con los suyos

galés; el Cid la había ganado al conde Ramón Berenguer, de Barcelona la grande. El Campeador sabía que ellos sí sabrían usarlas honradamente.

Luego volvió a levantarse y dijo:

—Todavía tengo otra causa pendiente con los infantes de Carrión. Cuando se llevaron a mis hijas de Valencia, les di tres mil marcos de oro y plata. ¡Que me devuelvan ahora mi dinero porque no son ya mis yernos!

Los infantes replicaban que ya le habían dado las espadas; pero don Ramón de nuevo le dio la razón al Cid, y el rey apoyó sus palabras.

Los infantes de Carrión salieron a hablar con los suyos. No tienen ya el dinero porque se lo han gastado; pero, si quiere, pueden pagarle con tierras, y así lo dicen en la corte.

El rey Alfonso, al oírlo, dijo que a él le habían dado los infantes doscientos marcos como tributo, que no los quería y se los devolvería al Cid. El resto se lo pagarán al Campeador en caballos, mulas, espadas y en bienes que tienen los infantes.

PARA VENGAR LA INFAMIA

Por tercera vez se levantó el Cid y dijo:

—¡Merced, rey y señor! No puedo olvidar la ofensa mayor. No puedo dejar de desafiar a los infantes de Carrión, que me deshonraron de tan vil manera.

Y dirigiéndose a ellos, dice el buen Campeador:

—Decid, infantes de Carrión, ¿qué mal os hice? ¿Por qué me rompisteis el corazón? A la salida de Valencia, os di a mis hijas, con mucha honra y riqueza. Si no las queríais, perros traidores, ¿por qué las sacasteis de Valencia?, ¿por qué las golpeasteis con las correas y las espuelas? ¡Las dejasteis malheridas en el robledo de Corpes para que las fieras y las aves acabaran con ellas! ¡Sois unos infames! Si no me respondéis, que lo juzgue esta corte.

Entonces se levantó García Ordóñez y dijo:

—¡Merced, rey, el mejor de toda España! El Cid se ha dejado crecer la barba para que le tengan miedo los que están aquí. Los de Carrión son de tan alto linaje que no pueden aceptar a las hijas del Cid ni como amantes, ¡mucho menos como esposas! Han hecho muy bien en dejarlas, y no tenemos en consideración nada de lo que ha dicho Ruy Díaz.

Al oírle, el Campeador se cogió la barba y, levantándose, le dijo:

—¿Conde, qué tenéis que decir de mi barba? Siempre la he cuidado mucho, y nadie me la ha mesado nunca. Yo, en cambio, sí os toqué la vuestra en el castillo de Cabra, cuando me apoderé de él y os cogí a vos por la barba. ¡Ésas son mis obras y no las vuestras!

No se quedó callado don Fernando, el de Carrión, y siguió diciendo que ellos eran condes y que hicieron muy bien en dejar a las hijas del Cid porque merecían casarse con princesas.

...que lo juzgue
esta corte

Ya no quiso replicar más el Campeador, sino que dijo a Pedro Bermúdez que hablara porque, si no lo hacía, no iba a luchar contra ellos, y además ¡también a él le tocaba porque eran sus primas hermanas!

LOS DESAFÍOS

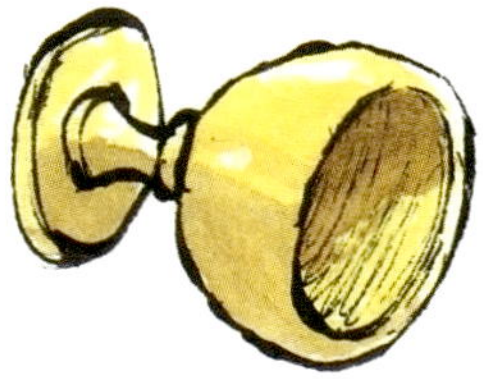

A Pedro Bermúdez le cuesta hablar, pero, cuando empieza, ya no puede callar:

—Mio Cid, siempre me llamáis «Pedro mudo» porque no me salen las palabras; pero no dejaré ahora de decir lo que debo.

Y, entonces, dirigiéndose al infante de Carrión, le dijo:

—¡Mientes, Fernando, en todo lo que has dicho! Yo contaré tus mañas. Acuérdate de cuando luchamos cerca de la gran Valencia. Tú pediste al Cid dar los primeros golpes al enemigo, y cuando viste un moro, empezaste a huir. Fui yo quien se enfrentó con él, ¡si no, lo hubieras pasado muy mal! Te di su caballo y te guardé el secreto hasta hoy. Luego tú, delante del Cid y de todos, presumiste de haberlo muerto. Todos te creyeron, pero no era verdad. Eres hermoso, pero muy cobarde. Lengua sin manos, ¿cómo te atreves a hablar? ¿Y no te acuerdas de lo del león? Cuando el Cid estaba durmiendo y se escapó el león, ¿qué hiciste, Fernando, de miedo? ¡Te metiste debajo del escaño del Campeador! Nosotros le rodeamos para protegerle del león; y cuando él se despertó, cogió al león por el cuello y lo metió en la jaula. Luego preguntó por sus yernos, y nadie sabía dónde estaban. ¡Te desafío aquí por malvado y por traidor! ¡Luchando contigo demostraré que lo que digo es verdad! Por dejar a las hijas del Cid habéis hecho una infamia. Doña Elvira y doña Sol son mujeres, y vosotros, varones; pero ellas valen mucho más que vosotros.

Fue don Diego, el otro infante de Carrión, quien habló entonces:

—Somos hijos de conde, de ilustre linaje. Nunca hubiéramos tenido que casarnos con las hijas del Cid. Hicimos muy bien en dejarlas. Mientras vivan, pueden ellas llorar de ver-

...cuando viste un moro,
empezaste a huir

güenza. Siempre les recordarán lo que hicimos con ellas. ¡Por lo que digo lucharé y demostraré que por dejarlas hemos aumentado nuestra honra!

Enseguida se levanta Martín Antolínez y con furia le dice:

—¡Calla, traidor, boca sin verdad! No se te olvide lo del león: saliste por la puerta, te metiste en el corral y te escondiste debajo de la viga del lagar. Ya no pudiste ponerte más aquel manto ni aquel brial por lo sucios que quedaron. Tienes que saber que las hijas del Cid valen mucho más que vosotros. ¡Al acabar el combate, vas a tener que decir con tu boca que eres un traidor y que has mentido en todo lo que has dicho!

En ese momento entró en la sala del palacio el hermano mayor de los infantes, Asur González. Había comido y bebido mucho y llevaba el manto de armiño arrastrando por el suelo. Se puso a hablar sin discreción alguna.

—¡Varones!, ¿quién vio nunca esto? ¿A quién se le ocurre relacionarnos a nosotros con el Cid? ¡Más le valdría ir a reparar las muelas de los molinos! ¡Cómo se atrevió a casar a sus hijas con los de Carrión!

...llevaba el manto de armiño arrastrando por el suelo

Muño Gustioz, al oírle, se levantó y le dijo:

—¡Calla, malvado y traidor! Antes de ir a misa, comes y bebes. Tu mal aliento molesta a los que das la paz en la iglesia. No dices la verdad ni a amigo ni a señor. Mientes a todos, y más a Dios. ¡Te obligaré a decir que eres como digo yo!

SE ACABAN LAS CORTES

El rey Alfonso hizo callar a todos y dijo que los que se habían desafiado lucharían.

En ese momento entraron en la corte dos caballeros. Uno se llamaba Ojarra y era mensajero del infante de Navarra; el otro, Íñigo Jiménez, y lo era del infante de Aragón. Besaron las manos al rey Alfonso y le pidieron a las hijas del Cid Campeador como esposas de sus señores; si aceptaban, iban a ser reinas de Navarra y de Aragón.

¡Qué alegría tuvo el Cid! También quiso esta vez que fuera el rey quien casara a sus hijas. Y el rey Alfonso así lo hizo. Dio su palabra a los mensajeros de los infantes de Navarra y Aragón, y se hicieron las solemnes promesas de que se celebrarían las bodas.

Todavía quiso intervenir en las cortes Minaya, porque él había sido quien había entregado a las hijas del Cid a los infantes en nombre del rey Alfonso, y les dijo a los de Carrión:

—¡Cuánto agradezco a Dios que pidan las manos de mis primas doña Elvira y doña Sol los infantes de Navarra y de Aragón! Así, vosotros que las tuvisteis en los brazos, ahora les besaréis las manos y las serviréis como señoras.

Lanzó su desafío a los parientes de los de Carrión, y lo aceptó uno de ellos, Gómez Peláez; pero el rey no les dio ya permiso para que se enfrentaran y dijo:

—¡Ya basta! Mañana, cuando salga el sol, se hará el combate de estos tres caballeros que retaron a los otros tres en la corte.

Pero los infantes de Carrión pidieron un nuevo plazo porque no tenían ni caballos ni armas, ya que los habían tenido que entregar al Cid. El rey se lo concedió y le pidió al Cid que dijera dónde quería que fuese el combate. El Cid no quiso ya in-

¡Ya basta! Mañana, cuando salga el sol, se hará el combate

tervenir y dejó la decisión en sus manos, como buen vasallo. Él quería volverse a Valencia.

El rey Alfonso le dijo que él velaría para que todo se hiciera con justicia, y citó a todos en la vega de Carrión al cabo de tres semanas.

Le rogó entonces el Cid:

—Os encomiendo, señor, a mis tres caballeros. ¡Enviádmelos honrados a Valencia, por amor de Dios!

EL CID VUELVE A VALENCIA

El Campeador se quitó la cofia de lino blanco y se soltó la barba. Nadie se cansaba de mirarle, ¡tanta admiración despertaba! Se despidió del conde don Enrique y del conde don Ramón abrazándolos, y les dijo que cogieran de lo suyo lo que quisieran.

El Cid, tan generoso siempre, regaló a los nobles de la corte mucho de lo que habían tenido que entregarle los infantes de Carrión, y no aceptó los doscientos marcos que tenía que darle el rey. Incluso va a regalarle su hermoso caballo Babieca, pero el rey Alfonso no quiere aceptarlo y le dice:

—Si os quitara yo el caballo, él no tendría tan buen dueño

como ahora. A tal caballo le corresponde un señor como el que tiene, para luchar contra los moros y perseguirlos cuando escapen. ¡Vos y el caballo ganáis honra para nosotros!

El Cid se despidió del rey Alfonso. Y luego lo hizo de sus

tres valientes caballeros, a quienes dio muchos consejos para su batalla con los infantes de Carrión. Ellos le dijeron que a Valencia podría llegarle la noticia de su muerte, pero no de que se hubieran declarado vencidos.

EL FINAL DEL CANTAR

Pasaron las tres semanas. Se reunieron todos en la vega de Carrión. El rey presidió y vigiló los tres combates.

En el primero, Pedro Bermúdez le atravesó el pecho con la lanza a Fernando González, que cayó al suelo ensangrentado y se declaró vencido. En el segundo, Martín Antolínez le dio un golpe en la cabeza a Diego González, aunque no le llegó a la carne; pero cuando el de Carrión vio otra vez en alto la espada Colada, salió del campo, y el rey fue quien le declaró vencido. En el tercero, Muño Gustioz le atravesó la lanza por el costado a Asur González, y cuando la sacó roja de sangre, lo

...le dio un golpe
en la cabeza

tiró al suelo; el mayor de los hermanos se declaró también vencido.

Los tres caballeros vencedores cabalgaron día y noche hasta llegar a Valencia y darle la buena nueva al Cid. ¡Qué alegría tuvo el Campeador al verlos!

En cambio, los infantes de Carrión quedaron infamados para siempre. ¡Ojalá les pasara lo mismo —o mucho peor— a aquellos que maltratan a las mujeres!

Doña Elvira y doña Sol se casaron con los infantes de Navarra y de Aragón. ¡Cuánta honra ganó con ello el Cid! Los reyes de España serían parientes suyos.

Años más tarde, en la pascua de Pentecostés, murió Mio Cid Ruy Díaz, el Campeador ¡Dios le tenga en su gloria!

Y aquí se acaba el Cantar. Pedro Abad copió el libro en el mes de mayo de mil doscientos siete, hace ochocientos años.

Pasado es de este siglo   mio Cid el Campeador
el día de cincuesma,   ¡de Cristo haya perdón!
Así fagamos nós todos,   justos e pecadores.
Estas son las nuevas   de mio Cid el Campeador;
en este lugar   se acaba esta razón.

ÍNDICE

CANTAR TERCERO

CLÁSICOS
CONTADOS A LOS NIÑOS

El Quijote contado a los niños

Tirante el Blanco contado a los niños

Platero y yo contado a los niños

El Lazarillo contado a los niños